# GUÍA DE LECTURA

Escrita por Claire Cornillon
Traducida por Tamara Montes Blanco

# Anfitrión

de Molière

# Entiende fácilmente la literatura con

# Resumen
# Express.com

www.resumenexpress.com

# MOLIÈRE

## DRAMATURGO, COMEDIANTE Y DIRECTOR DE COMPAÑÍA DE TEATRO FRANCÉS

- **Nacido en 1622 en París (Francia)**
- **Fallecido en 1673 en la misma ciudad**
- **Algunas de sus obras:**
  - *Don Juan* (1665), comedia
  - *El avaro* (1668), comedia
  - *El burgués gentilhombre* (1670), comedia-ballet

Molière, cuyo auténtico nombre es Jean-Baptiste Poquelin, nació en París en 1622 en el seno de la burguesía acomodada. Hombre polifacético, escribe, dirige, lleva una compañía de teatro y actúa. Muy pronto toma el camino del teatro y funda, junto a la comediante Madeleine Béjart, la compañía del Ilustre Teatro. Tras doce años viajando por provincias para ofrecer obras de teatro, vuelve a París, donde Luis XIV se fija en él y lo pone a su servicio.

Escribe principalmente comedias en las que, con el pretexto de hacer reír, saca a relucir los defectos de sus contemporáneos (el preciosismo, la pedantería, la avaricia, etc.) y critica la sociedad del siglo XVII (los padres autoritarios, los falsos devotos, los médicos charlatanes, etc.). Sus numerosas obras ejercen aún en la actualidad una influencia considerable y convierten a Molière en uno de los autores más importantes del clasicismo.

Muere en París en 1673.

# ANFITRIÓN

## UNA COMEDIA CON NUMEROSOS MALENTENDIDOS

- **Género:** comedia
- **Edición de referencia:** Molière. 1947. *Anfitrión*, en *Comedias*. Traducido por Juan G. de Luaces. Barcelona: Iberia
- **Primera edición:** 1668
- **Temáticas:** sosias, malentendido, mitología, disfraz, reflejo

*Anfitrión* es una comedia en tres actos, escrita en verso. Se representa por primera vez en el teatro del Palacio Real en 1668. La obra se inspira en personajes de la mitología antigua y retoma la trama de una obra de Plauto (poeta cómico latino del siglo III a. C.).

*Anfitrión* juega de un modo muy eficaz con el motivo del doble, del espejo y del malentendido al poner en escena a Júpiter, que, para pasar la noche con Alcmena, toma la apariencia de su marido Anfitrión. Mercurio, por su parte, adopta la forma de su criado, Sosias.

# RESUMEN

## PRÓLOGO

Mercurio, sobre una nube, dialoga con la Noche. Cuenta que Júpiter —seducido por Alcmena, la mujer de Anfitrión— ha adoptado la forma de este último para pasar la noche con ella. Por lo tanto, Mercurio, el mensajero de los dioses, le pide a la Noche que retrase la llegada del día para que Júpiter pueda pasar más tiempo con Alcmena. A continuación, Mercurio toma la forma del sirviente de Anfitrión, Sosias.

## ACTO I

La escena se desarrolla en Tebas, delante de la casa de Anfitrión. El amo de Sosias ha enviado a este a que le cuente a Alcmena la batalla en la que él ha participado. El sirviente no ha asistido a la batalla y se pregunta cómo va a poder relatarla: «Necesitaré para cumplir mi embajada/ Algún discurso premeditado./ Debo entregar a Alcmena una descripción militar/ Del gran combate que ha derribado a nuestros enemigos;/ Pero ¿cómo diantres hacerla,/ Si yo no estaba ahí?»[1] (Acto I, escena 1). Entonces decide practicar y le habla a su farol como si este fuese Alcmena.

Entra Mercurio, en forma de Sosias: «Con esta traza con que a él me parezco,/ Expulsemos de estos lugares a este hablador,/ cuya inoportuna aparición viene a turbar el sosiego/ Del que nuestros amantes disfrutan» (Acto I, escena 2).

---

1. Todas las citas han sido traducidas por ResumenExpress.com

Sosias provoca a Mercurio sin saber quién es. Cuando este le pregunta por ejemplo si es amo o sirviente, él responde: «Según me apetezca» (*ib.*). A continuación indica que es Sosias, el criado de Anfitrión. Al oír estas palabras, Mercurio le golpea diciendo que no puede ser Sosias, puesto que Sosias es él. Entonces, el auténtico Sosias le hace preguntas a Mercurio para saber si lo que dice es cierto y, en efecto, el dios conoce aquello que solo Sosias puede saber, lo que causa dudas en el pobre sirviente: «No sabría negar las pruebas que se me presentan,/ y afirman que eres Sosias, y yo lo apoyo. Pero si lo eres, dime, ¿quién quieres que sea yo?/ Ya que sigue haciendo falta que yo sea alguna cosa» (*ib.*).

Entran Alcmena y Júpiter, este último con la forma de Anfitrión. Le dice que querría que ella lo amara, no porque sea su esposo, sino por él mismo. Así, en su discurso, Júpiter desdobla hábilmente al esposo (el auténtico Anfitrión) y al amante (él mismo).

En cuanto a Mercurio, quiere irse, pero Cleantis, la mujer de Sosias, que cree ver en él a su esposo, protesta. Le reprocha su falta de atención. Él le responde que ya no son jóvenes enamorados y que ya pasó la época de ser galante. Incluso llega a decirle que a él no le molestaría que ella «se enamorara de un galán».

## ACTO II

El auténtico Sosias cuenta lo que le ha pasado al auténtico Anfitrión, que está de vuelta. Este no le cree: «¿De dónde puede proceder, te lo ruego,/ este galimatías maldito?/ ¿Es un sueño? ¿Es ebriedad,/ alienación de espíritu,/ o una broma pesada?» (Acto II, escena 1).

Alcmena está sorprendida de ver a su esposo de vuelta tan pronto y se produce un malentendido: Anfitrión, que no estaba el día anterior, se queja de la bienvenida poco calurosa de su esposa. Ella, que cree haber pasado la noche con su marido, no entiende este reproche. Ella le recuerda lo que pasó el día anterior.

Sosias le pregunta si tal aventura no le ha sucedido también a él y pregunta a su mujer sobre lo que pasó la víspera: pero para ellos, sucede al contrario y Sosias se entera de que su doble ha menospreciado a Cleantis.

Júpiter vuelve, aún con la forma de Anfitrión, pero Alcmena lo expulsa, encolerizada tras la disputa que ha tenido con su auténtico marido. Júpiter le dice que solo era un juego, pero ella se niega a perdonarlo. Entonces, él comienza un patético discurso que consigue tranquilizar a Alcmena. En cuanto al auténtico Sosias, igualmente, intenta hacer las paces con Cleantis, pero esta se niega.

## ACTO III

Mercurio quiere continuar con su arrebato y jugarle una mala pasada a Anfitrión: «Como el amor aquí no me ofrece ningún placer,/ me buscaré otros distintos/ y voy a emplear mi ocio/ en sacar de quicio a Anfitrión» (Acto III, escena 1). Bajo la apariencia de Sosias, hace como si no reconociera a Anfitrión. Le dice que no es su amo, puesto que este está en la casa. Anfitrión se encuentra perdido: «¡Ah! ¡Cuán tremendo golpe me ha atestado en el alma!/ ¡En qué cruel confusión se debate mi espíritu!» (Acto III, escena 3).

Anfitrión está enfadado con Sosias a causa de la mala pasada que le ha jugado Mercurio. Júpiter aparece entonces bajo la forma de Anfitrión. Todos los personajes están sorprendidos de ver dos Anfitriones y tratan de determinar cuál es el impostor. Mercurio revela su identidad y la de Júpiter y después levanta el vuelo. Júpiter le dice a Anfitrión que no debe ruborizarse por haber tenido a Júpiter como rival antes de perderse entre las nubes: «Y, sin duda, no puede haber más gloria/ que verse rival del soberano de los dioses» (Acto III, escena 10).

Entonces Sosias concluye la obra con estas palabras: «Pero acabemos por fin con los discursos/ Y que cada cual se vaya a su casa con calma:/ En estos asuntos / Lo mejor siempre es no decir nada» (*ib.*).

# ESTUDIO DE LOS PERSONAJES

## JÚPITER Y MERCURIO

Júpiter, el rey de los dioses, y Mercurio, su mensajero, son de algún modo los representantes de esta comedia. Como Alcmena ha seducido a Júpiter y este quiere pasar la noche con ella, decide embaucarla y toma la apariencia de su marido. Aquí encontramos las características del dios de la mitología grecolatina, Zeus/Júpiter que toma mil y una formas según las historias para seducir a sus amantes. Mercurio, por su parte, ayuda a Júpiter yendo a pedirle a la Noche que retrase el alba y también él toma otra forma, la del sirviente Sosias, para observar la escena. Por lo tanto, ambos son a la vez comediantes y representantes de un engaño del que son autores. Ambos sienten un malvado placer en perturbar a sus *alter ego*, Anfitrión y Sosias.

Muestran astucia y manipulan con facilidad a sus pobres interlocutores: Mercurio se divierte con Sosias y Júpiter no duda en conmover a Alcmena con un gran discurso patético particularmente bien interpretado. Por lo tanto, representan lo falso y construyen el argumento de la obra como un juego, un juego de chanza y seducción. No obstante, Júpiter desearía ser amado por sí mismo: toma la forma del marido, pero desea ser amado como un amante. Así desdobla en su discurso el marido y el amante, que, en efecto, son dos personas diferentes, pero que Alcmena solo ve como un único y mismo individuo: «Hablando claro, solo el amante me agrada/ y siento, igual que tú, que el marido le molesta» (Acto I, escena 3), le dice él. Incluso cuando toma otra apariencia, querría paradójicamente que Alcmena le mostrara su amor y no actuara solo por deber. Por lo tanto, su posición es ambivalente.

## ANFITRIÓN Y SOSIAS

Frente a los embaucadores, Anfitrión y su sirviente son los embaucados. Al ser humanos, son manipulados por los dioses con facilidad. Estos no usan solo su poder, sino también su inteligencia y su dominio del lenguaje para divertirse a sus expensas. Finalmente, Anfitrión es un personaje muy poco presente durante la obra; aparece simplemente para constatar que se producen cosas extrañas y que él es un cornudo. La comedia se construye a su costa y se acaba con la irónica constatación de que debería estar contento de haber tenido a un dios como rival.

Anfitrión y Sosias también introducen una distinción social en el seno del dúo que conforman. Sosias insiste a menudo en su condición de sirviente. Por ejemplo, en el acto II, se expresa así: «Todos los discursos son sandeces,/ Si proceden de un hombre común;/ Y serían palabras exquisitas/ si fuera un grande el que las pronunciara» (Acto II, escena 1). Pero también encarna el sirviente típico de la comedia. Desde la primera escena, aparece como un cobarde: «¿Quién va? ¿Eh? ¡Mi miedo aumenta con cada paso!» (Acto I, escena 1). Pero también es presumido. Frente a Mercurio, durante su primer encuentro, hace gala de audacia provocándolo, pero no sabe a quién se enfrenta y finalmente consigue que le den una paliza en su propio terreno: «A veces hago el bien y a veces hago el mal;/ Vengo de aquí, voy para allá; pertenezco a mi amo» (Acto I, escena 2), le responde a Mercurio cuando le pregunta quién es. Y no comprende nada de lo que ocurre a su alrededor: no solo Mercurio consigue hacerle creer que realmente es él mismo, sino que también está perdido en lo que se refiere a la relación con su mujer. Nunca consigue analizar correctamente la situación. Sin embargo, está omnipresente y activo: interviene, no duda en expresarse y comenta lo que se le pasa por la cabeza. Asimismo, la última palabra de la obra la tiene él.

## ALCMENA Y CLEANTIS

Las dos mujeres de la obra están enfrentadas a los cuatro hombres que las rodean. Están en el centro de la trama, pero la sufren esencialmente. Representan el objeto de deseo. Pero cada personaje se sitúa de un modo diferente respecto a ellas y esto es lo que crea la trama: los dos maridos no desean otra cosa que volver a encontrarse con sus mujeres. Por el contrario, aunque Júpiter seduce a Alcmena, Mercurio no tiene interés en Cleantis. Por lo tanto, los problemas con los que se encuentran los maridos son estrictamente opuestos.

Alcmena y Cleantis intentan ser virtuosas y reacción a los acontecimientos a partir de la información que poseen. Pero Alcmena, a pesar de su virtud, ha sido embaucada y Cleantis cree haber sido descuidada. Por el contrario, ambas son mujeres de carácter y Alcmena empieza por rechazar a Júpiter cuando cree haber sido víctima de un juego, antes de que el discurso del dios la conmueva. En cuanto a Cleantis, no perdona a Sosias la actitud de Mercurio.

# CLAVES DE LECTURA

## UNA OBRA CON RESORTES CÓMICOS VARIADOS

*Anfitrión* comienza con un prólogo y se termina como se espera de una obra de gran escenografía, es decir, con el carro de Mercurio volando por los aires al encuentro de la Noche y Júpiter desapareciendo entre las nubes, lo que acentúa el aspecto espectacular de la comedia. Pero también se trata de una comedia basada en una trama mitológica, antigua, en la que ciertos personajes son dioses, lo que permite la intervención de toda una serie de elementos sobrenaturales en la trama, especialmente los cambios de aspecto que suscitan *quid pro quos* en serie (malentendido que consiste en tomar a una persona por otra). Esto resulta en un efecto cómico innegable.

También encontramos un gran número de elementos cómicos que Molière utilizó en otras obras, como la relación entre el amo y el criado. El personaje del criado, aquí representado por Sosias, es típico de la comedia y genera diferentes tipos de comicidad: la comicidad de carácter —que reside en la personalidad de/de los personaje(s)—, ya que es cobarde, y la comicidad de situación —que se basa en *quid pro quos*, malentendidos, etc.—, por ejemplo durante el encuentro con su doble. Desde la primera escena, se explota su potencial cómico, puesto que él mismo se transforma en comediante, contando una escena de batalla que no ha vivido con múltiples detalles: «El río está por aquí./ Aquí acamparon los nuestros» (Acto I, escena 1), cuenta haciendo un dibujo imaginario del lugar.

La trama pertenece a la farsa (obra cómica breve que, por lo general, describe el día a día de la gente humilde y que se caracteriza por situaciones burlescas e incluso groseras) en torno al motivo del marido cornudo, motivo cuyo potencial cómico ya no hace falta demostrar. Sin embargo, la obra es mucho más elaborada que el esquema clásico de una farsa, y el tema de los cuernos se adereza con el tema del disfraz, que precede en cierto modo a los juegos jocosos de las comedias de Marivaux (por ejemplo, en *El juego del amor y del azar*, 1730).

## JUEGO DE ESPEJO

Así, el conjunto de la pieza se construye alrededor del motivo del doble: frente al dúo de los dioses Júpiter/Mercurio, se encuentra el de los hombres Anfitrión/Sosias. Y a estos dos dúos se añade el de las mujeres Alcmena/Cleantis, pero también Júpiter/Alcmena y la pareja fallida, por así decirlo, Mercurio/Cleantis, que al final no existe. Por lo tanto, el cruce entre personajes es particularmente complejo y la obra juega permanentemente con las interferencias entre estos dúos.

Uno de los principales resortes de *Anfitrión* es sin duda el *quid pro quo*, como ya hemos mencionado. Como dos personajes aparecen con el aspecto de otros personajes, lo que hacen entra en conflicto con lo que hacen o dicen aquellos a quienes les han robado la identidad. Por lo tanto, Cleantis y Alcmena no entienden los continuos cambios de opinión de sus maridos, debidos simplemente a que ellas ya no se están dirigiendo a las mismas personas.

El enfrentamiento entre los dobles también es fundamental y, aunque en el caso de Júpiter/Anfitrión este es resolutorio y marca el final de la obra, el de Sosias con Mercurio es un giro cómico gratuito que Mercurio hace para divertirse. Esto resulta en un caos identitario que hace que los personajes ya no entiendan nada: «[...] en este desorden fatal,/ Ya no sé qué decir ni qué creer», exclama Anfitrión. Este juego de máscaras es llevado al extremo tanto en los diálogos como en las situaciones para que produzca efectos cómicos. Así, Sosias duda de su propia identidad y declara, en un diálogo que roza lo absurdo, que en efecto Mercurio debe ser Sosias, puesto que es exactamente igual que él y conoce cosas que solo él conoce. Entonces se pregunta quién será él si Sosias es quien tiene delante.

Finalmente, tanto en el caso del amo como en el del criado, se repiten las mismas situaciones, aunque no se reproducen con exactitud. Por ejemplo, cuando Anfitrión descubre que Alcmena ha pasado la noche con su doble, Sosias se pregunta si Cleantis ha hecho lo mismo, pero descubre que, por el contrario, su doble la ha abandonado. De este modo, la trama juega con efectos de quiasmo (figura retórica que consiste en crear un paralelismo entre dos frases de estructura idéntica, pero en las que se invierte el orden de las palabras) entre la figura del amo y la del criado. Sosias es el primero en conocer a su doble y, entonces, deduce de la situación de su amo que también él puede tener un doble. No obstante, las repercusiones para Sosias son mínimas y tan solo suponen una broma de mal gusto, mientras que la situación de Anfitrión es más seria, puesto que su mujer lo ha engañado con Júpiter sin saberlo.

## PUESTA EN ABISMO

En el interior de la obra, existen personajes comediantes y personajes escenógrafos. Júpiter y Mercurio preparan una obra de la que Anfitrión, Sosias, Alcmena y Cleantis formarán parte sin saberlo. Ahora bien, el prólogo informa al espectador del plan que han orquestado. Se convierte en cómplice de los dos escenógrafos de la astucia, Mercurio y Júpiter, puesto que también él conoce su verdadera identidad a expensas de los personajes embaucados. La obra se basa en gran medida en la desigualdad de los personajes ante la información: los que saben tienen ventaja sobre los que no saben y todo se desarrolla en esta manipulación ante la mirada del espectador-cómplice.

A partir de esta situación fundamental, tenemos la sensación de estar asistiendo a uno obra de teatro dentro de la obra. Por ejemplo, el propio Mercurio indicia que le va a jugar una mala pasada a Sosias y, a continuación, encarna su personaje con convicción. Júpiter utiliza sus dotes de retórico para convencer a Alcmena de que le confiese su amor y de trágico para obtener su perdón más tarde en la obra: «Y yo no puedo vivir a menos que termines/ Con esta cólera que me abruma» (Acto II, escena 6), se lamenta. Así, la obra pone en escena varios registros de forma paródica en el propio seno de la comedia. También sucede así con el relato épico de Sosias al comienzo de la obra, que suena como una parodia de los grandes discursos de relatos guerreros. Sosias se interrumpe en mitad de su relato de valentía porque tiene miedo del más mínimo ruido, lo que hace que se cree un efecto discordante: «Ahí, los arqueros de Creonte, nuestro rey;/ Y aquí el cuerpo del ejército, (*Se arma un poco de jaleo*)/ Que para empezar... Esperad: el cuerpo del ejército tiene miedo» (Acto I, escena 1).

# PISTAS PARA LA REFLEXIÓN

## ALGUNAS PREGUNTAS PARA PROFUNDIZAR EN SU REFLEXIÓN...

- ¿Qué función cumple el prólogo? ¿Qué información proporciona al espectador?
- ¿En qué aspectos corresponde Sosias al personaje de criado tradicional de comedia?
- Analice el relato que hace Sosias a su farol en la escena 1 del acto I: ¿por qué podemos decir que se trata de la parodia de un relato épico?
- ¿Qué papel(es) desempeñan Mercurio y Júpiter en la obra?
- Compare las reacciones de Alcmena y Cleantis. ¿Se asemejan?
- ¿En qué aspectos el personaje de Sosias es un espejo deformado del personaje de Anfitrión?
- Analice la escena 6 del acto II: ¿qué medios emplea Júpiter para que Alcmena lo perdone?
- Compare los personajes de Júpiter y Mercurio entre sí.
- Compare el enfrentamiento de Sosias con Mercurio y el de Anfitrión con Júpiter. ¿La razón que los causa es la misma? ¿Tienen la misma importancia en la trama?

# PARA IR MÁS ALLÁ

## EDICIÓN DE REFERENCIA

- Molière. 1947 Molière. 1947. *Anfitrión*, en *Comedias*. Traducido por Juan G. de Luaces. Barcelona: Iberia.

## EN RESUMENEXPRESS.COM

- Guía de lectura de *Don Juan* de Molière.
- Guía de lectura de *El avaro* de Molière.
- Guía de lectura de *El enfermo imaginario* de Molière.
- Guía de lectura de *Las preciosas ridículas* de Molière.
- Guía de lectura de *Tartufo* de Molière.

# ResumenExpress.com



## Muchas más guías para descubrir tu pasión por la literatura

www.resumenexpress.com

www.resumenexpress.com

ISBN ebook: 9782806287236

ISBN papel: 9782806287243

Depósito legal: D/2016/12603/630

Cubierta: © Primento

*Libro realizado por* Primento*, el socio digital de los editores*